子盗り

髙橋冨美子

思潮社

子盗り

高橋冨美子

第一章

第二章

写真＝髙橋俊仁、装幀＝思潮社装幀室

子盗り

第一章

残照

ぬるい風が湯上がりの頬にまといつく
石蹴り　缶蹴り　バンビごっこ
昼間遊んだ原っぱはうす暗く
ぬっと立っている石の門柱のそば
何かがひそんでいるようで
思わずばあさまの着物の裾にしがみつく
割烹着の影が膨らんで
こーとろことろ
よいこにせんとことりがくるよ
歌いながらばあさまは
腕をひろげて子盗りになる

ちいさな星のうえで

鴨居につるされた洋服が
するする
闇のなかすべりだし

雨戸のふし穴の月明かりが
部屋の壁に
まるい目だま踊らせる

茶の間の柱時計が
走りまわっても
マント羽織った父さん帰らない

宝さがし

父さんのお土産の
グリコの景品集めて埋めた

さがして探して
さがしつづけて雨あがり

とうもろこしの葉から水滴ころげて
原っぱに秘密の扉がひらく

こんもり盛られた土は
濡れた雑草におおわれ

とがった石でコツコツ掘りすすむ
しめった土にのこる小鳥のうすい体温

だまりこんだ塀の金網ごし
ひとさし指がこちらを向いて

とおい虹が輪をひろげる
かげろうゆらめく焼け跡に

さがして探して
さがしつづけてる小さな背中

子盗り

出窓のある四畳半で
産ぶ声をあげたときから
約束はかわされているのだ

誰かがしかけた原っぱの落とし穴
しり餅ついたぬかるみに
つめたい息がふうっとかすめる

ものみな寝しずまる夏の夜ふけ
障子開けはなった縁さきに

ひたひたとしのびよる気配

風もないのに木の葉がゆれる
閉ざされた木戸の向こうに
じっとたたずむものの影

測れない距離　音のない世界から
いつかくるきっとくる
そしてある朝わたしはふいにいなくなる

四畳半

かたいふとんにもぐりこむ
とかじかんだ足を太腿の間にひ
きよせてくれるしっとりした温もり
のなかでうとうとと眠りかければあんた
はよしこの生まれ変わりとばあさまの繰りご
と生まれ変わり生まれ変わる命はめぐり生ま
れ変わる仏壇の写真をへだてたその人の鈴の
ような目もとに呼ばれる防空壕の掘り跡のあ

る庭の根ぶとい松のそばに添えもののように
痩せてなびく檜葉の風のなかアザレアの蜜を
吸って育つわたしは何に生まれ変わるのだろ
　巻き毛のお姫さまになりたい踏みつけた
　　ナメクジの足裏に残る冷たさ叱られ
　　　て門に立てば夕陽に焦げる空の
　　　　底から黒い馬が駆けてくる

すり足

小走りの人が足音を忍ばせる気配がする。ドアの外には相も変わらぬ直線がのびているにちがいない。叔母ふたりが亡くなった深夜の浴槽で筒状の紙をひろげ丹念に洗う男の背に人型が浮かびあがるのはきまってこの時刻だ。うす赤い闇に目をこらせばさらさらとはじまる星の物がたり。ひとおつふたあつ人の一生に似た光のすじ道を十まで数えあげれば生きものの濡れた瞳がまっすぐに見つめてくる。

身をよじる視線のさきには金輪際風呂に入ろうとしない三人目の叔母が釘のように曲がった腰をステッキにあずけて佇んでいる。誰ももう逃げおおせることなどできない。縮小する叔母であるわたしの足もとから縮んでゆく絵のなかで黒い円がしらじらと明けはじめる。

ゆくて

曲線のさきにはまるがある平板なまるは黒々と
塗り込められているつづく直線は白く輝く長方
形に連なっていてさらにそのさきには霧がうっ
すらとたちこめる草原がありそこでは乳牛が若
い緑の草を食みそのまわりを蠅がぶんぶん羽音
を立てて群がっている平原のさきは皺寄る海で
普遍的な蒼い水をたたえている雑多な種の魚が
群れ跳びあるいは孤独に泳ぎわたっている深い

海のさきはふたたび直線で繋がるおだやかな闇
の空間はあらゆるものの死を意味しているなぜ
なら生と死のはざまのくるしみにくらべれば死
者はいつもやすらかな顔をしている死のさきは
しばらくまた曲線がうねるがやがてそのゆくて
にちいさな球形があらわれきらびやかで鋭利な
光のとどく場所は期待にたがわぬ立方体である

舟唄

にぶく光る直線の先は黒い円でさらにその先に褐色の橋がある。降りつづいた雨が止むと泥の色した川には大小のぼらが白い腹をくねらせる。船頭が竿さす船に乗り込む。野菜を積む船もある。対岸に赤い提灯を五つほどぶら下げた料理店がある。人びとがにぎやかに酒酌みかわしちいさな舞台を見上げているが談笑の声はここまで届かない。目をこらせば懐かしい顔が見える。舞台のうえで踊るあでやかな衣装の女も見たことのある顔だ。おもわず声を出そうとして唇に人差し指をあてがう影だけの船頭に鋭く制される。押し黙り船に座しているとみかん色に照り返る川面を野太い舟唄が渡ってくる。うす闇のなか青白い月の顔に見送られて岸に戻り褐色の橋を過ぎれば黒い円の先ににぶく光る直線が見える。

プライド

店先の笊からころげておちてりんごがひとつ坂の暗がりを生け垣のむこうへと走ってゆく。わけありきずありひと山三百円。十年昔かららりんごだった。一年まえに花が咲きまがりなりにも実になって半年冷蔵庫で眠った。よりきず押しあとつるわれ果。磨かれないりんごの閉じられた窓。光は消されて故郷のたよりも届かない。

＊

大きな吊り橋にりんごがひっかかっている。まるくふくれて空を焦がし海を焦がし夜のむこうへころげてゆく。

雪虫

キタノソラカケテアイニユクと便りがある。曲線のうねりのあとの再会は口のなかで砕ける甘酸っぱいりんごのかりんとう。さびしい留守番の少女の頬の色。会う瞬間の喜びに手をとりあうそのあとはごつごつした直線の意志に突きあたるばかり。白い虫を舞いつれたひとはふわふわとただよい輪郭のない影になってゆく。句点のような黒い円がふたりの空に近づいて足おとを消した雪が降りはじめる。

第二章

崩れる

寒いというと
もうすぐ火がくるよ
そういって
あなたはどこかへ行ってしまった
パチパチという音で目がさめた
うす紫色の煙がたちこめて
足もとにちいさな炎があがっている
半鐘がならない

消防車も走らない
火の舌は床をはい
柱にのぼり
みるみる天井に燃えひろがって
せまる火の速さに見とれるうち
顔のあたりが火につつまれて
助けてとちいさな声が聞こえて
ドッと

オホーツク葬送

母へ

ここは氷の箱の底
すりきれたびろうどの座席にひとり。
息ふきかけても吹きかけてもたちまち凍てつく窓枠に
しろく白く落ちつづけているものの影。
天と地をつなぐように落ちる
笑わなくなったひとのはなびらの影いのちのかけら。
よりそっていたのに離れてしまった
十一月をかけゆく雲の取り戻しようのない時間。

大地裂くさけび声あげ走る獣にまたがり
歯にしみる冷たいミカン咥えてわたしはどこへゆけばいい。

風吹き荒れるひと影のないホーム雪舞いあがる
清潔にいつくしみはぐくんでくれた小さなからだで。

炎《ほむら》をけしたひとのくちびるに紅をひく
まつげにふりつもる歳月の澱。

*

雪の樹林にゆっくりうごくセスナの影濃くて
いろ褪せた紅葉に白く砕けた骨のいろ。

そら逝くひとの横顔にとおく水は光り
まばらな雨氷のむこう帰り着く海は碧。

二月のいのち

小雪のたまる海辺ゆけば
青い鳥　小鳥
ちいさな足あとのこして
遊んでいるそうな
あれは　いそいそ　いそひよどり

また降りはじめたね
さくさく
足おとだけの世界
さくさく
ざくさく

あてなく根雪

つららのさがる軒下で
よごれた毛布にくるまれて
いまも啼いているかしら
眼のあかない子犬たち
白と黒のぶちの背に
かぶさる冬の深い策略

それもこれもみーんな約束されたことだったんだ　と

魚くさい街で震える子犬
うぶ毛のさきの氷のつぶ
二月のいのちは
はかないゆえにとうとく
おごそかでうつくしい
と

流氷《こおり》がくっからあすはしばれるよお
あかあか燃えるストーブに
スケソウの干物
海の男の心意気とばかり
あっさりおとどしみまかった
つかささん

あなたの広い背におぶさって
青い波間ただよって
いっそぶこつな塊になろうか
きいきいと　ぎいぎいと
この世のものならぬ
叫び声あげてみようか

流氷《こおり》
帯のように遠まきに

押しよせてくるもの
白さゆえに純粋で無垢なもの
けっして
みにくくなどない

しずかに逝こうね　おごそかに　ねっ

ほおっと
レモンドロップの息吐けば
傍らの雪口のなかでとけて
ひんやり赤いほっぺたの少女にもなれる
まだ堤防のうえ駆けているの？
さがしもの見つかった？

　小雪のたまる山道ゆけば
　青い鳥　小鳥
　ちいさな足あとのこして

ついてくるそうな
あれは　るりるり　るりびたき

気配

春まだ浅く
陽はうすく
身を切る風の日。
いっせいに開く
すももの花によりそって立つ。
花の精でもなく
木霊でもなく
瀕死の星の地表から

うすくたちのぼるもの。
わたしの体を透かし
ベンチの女《ひと》の胎児を透かし
首かしげる鶺鴒の羽の色透かして
さらに遠く
寂れた社の厩に
つながれている神馬の
乱れた鬣にとどく。

零れる

ふいにいなくなるなんて
わらじ履いた足もとに
白いカーネーションそおっとおいて
トラツグミ
胸の底ひきずるさえずりに
鳥と思ったら傷
かなしいね
ふるえる
身体の底からふるえても
黙ってにぶく光るだけの午後だから
もう話しかけるのはやめて

読みかけのページに沈もう

海はふいに口あけて人さ呑むんだあ
子犬抱いた女の子が
きょうもひとり沖へ向かったまま
戻らないとよお

けやきの大木のそば
細い影伸ばして立っている男《ひと》の顔かたち
まさぐる指さき闇のなか
どこまでももぐり込んで
目鼻がない
ゆれる
空でゆれる宙ぶらりんのぶらんこ
うらがえってうらがえって
水の底ひきずる音
鵺の鳴き声

傷と思ったら紐
ふーらふーら風にゆれている

森で

ヒメ　シャラ　の
なめらかな　木　はだで
まつ　ひと　は　こない
ぬれば　色のおおきな　羽　ひとつ
音　たてず　落と　したまま
苦　しんでいる　森　の
胸　ほうっと　ながい　息は　いた
シイノ　トモ　シビ　ダケが　ともる
あれは　ほら　がい　の　声
みみずく　のなげき　など　ではない
まして水　のさけび　でもない
と　ぎれ　てゆく　いのちの　音

にくい
二度 とふくら まないの ね
おだやか に なった枕 もとの山
しずかに ひきとる
マロニエは 西洋 トチ ノキ のこと と
葉 のかたち の掌 ひろげ たまま
そのままに
ハナ ノキ は 過ぎ
アジ サイ はまだ かしら
ふり はじめた ね
根っこ まで ぬ れ て
こなく ても いい んだ
ヒメ シャラ の木はだ で まつ から
固い 固い鬼 グルミの 殻
シイ ノトモ シビダケ が ともる
今宵 は 点るよ
六月の 夜 道で あ し た はきっと

環状七号線

逝こうとしている兄へ

翡翠《カワセミ》を見に行かないか
やさしい声が誘うので

赤いランプの建物をあとにして
光の洪水のなかをあるく
警笛にこつこつ背中を押されながら

上下する翡翠
透ける羽

いのちは時間のながれをかすめる小さなきずのようなもの

翡翠を見たい
灌木の枝から舞いおりて魚をかすめる
しなやかに生きる姿態を

還ってゆくひとを追って
きずの深い裂け目のなかをあるく
雪まじりの雨
黒く光るアスファルトの道のりをあるく

流れの淵の砂のうえ
きずのような小さな足跡が散らばって

きず　きずと敷石にきざんで
ぬれた靴は生家の方角に向かっている
つづく車の尾灯のあいだにぼんやり影が浮きあがり
柔道着を肩にかけた少年が駈けてゆく

翡翠が見えるよ
きいろい胸びれ

あのくらがりにもどるのね兄さん
ぽすとのかどをまがれば
焼け跡はもうすぐ

しわぶきの音が聞こえる

第三章

質問

ここにすわって話をしたのは
一年前の夏の終わり

あなたはヌーやアリクイやテナガザルの話をした
ジンベイザメやマンボウの話をした
鳥や昆虫や樹木
この星に棲むいろいろな生きものの話をした
ホウシゼミが鳴いていた

あなたのいうように
魂が肉体という衣をまとって地球に降り立つ
それが

生命の誕生だとしたら
わたしたち
いのちといのちの出会いの不思議なこと

重い衣を脱ぎ捨てて
あなたが去っていったのは
それからまもなく

肉体を離れた魂は
どこへいくの

あのとき聞きそびれた質問を
雨あがりの空に浮かべる
松林のむこうで
旅立ちの遅れたツバメの親子が舞っている

時間は残されていないから

わたしの窓ガラスをたたくものがある
とおい空の路上を風のようにかけてゆく足音
shalom　shalom　shalom
月がさしのべる枝からおりてくる声

暗い森をぬけるとほの白い道が見える
机のうえのノートに　ありがとう　とだけ書きおいて
夕飯もそこそこに二人だけのひみつの出立
ふるえる息ひそめる息　ちいさな肩ならべてかけてゆく

さあ　壁のまえゆきかう兵士の影に向けられた銃口に　さあ
shalom　shalom　shalom
たちまち重なりたおれることばのうえを
ゆききするブルドーザーのエンジン音　野犬の遠吠え

けれど頭蓋骨の破片の下の　ほころんだ地面から
もう　やわらかな芽をだしているね　きみたち
shalom　shalom　shalom
せいいっぱいの枝ひろげてひろげてあまねくことば

ベイルート

いきなり銃口が火を噴き少女はぼろきれのように転がる　懇願
する暇もなく耳もとでおもちゃのイヤリングが赤く燃えていた

銃声がやんだ
吊るされた洗濯物が
バタバタ音を立てている

恐怖に見開いた瞳に
藍色の空をうつして
あたしはもう泣かない
笑わない
走りまわらない

布の靴が片方脱げていた

砂まみれのスカートがめくれている
突きでた足に穴がいくつも開いている
地面のうえで黒く乾いていく
弟の血　あたしの血

ぎらつく太陽の下
熱い砂のうえで
葬られてゆく
あたしは寝返りをうったかたちで
弟はバンザイの姿勢で

もう逃げなくていいんだよ
ひとりになった母さんが
洗濯物に顔を埋めた

人影の絶えたキャンプの瓦礫のなかに
砂まみれのちいさな白い花ふたつ

咲きつづける
ずっと

旅立ち

とおい沼でつぼみが開く
太陽は今日も東の空にあがり夜は明けた
いつもどおりに昼がきて災いは空からきた
バナナの葉が風にさわさわと揺れている
白い旗を掲げた古ぼけたトラック
荷台に敷かれた洗いざらしの布の上に少女は寝ている
右手の指をなにかつかむようにおり曲げたまま
こめかみから流れた血が頬にこびりついている
さっきまでいっしょだったのに
生まれてからずっといっしょだったのに
おねえちゃん

弟が荷台にすがりつく
こめかみの血は乾いて頬にこびりついている
たいせつなものをつかみ損ねて
指はくの字におりたたまれたまま
はだけた腹部に蝿がたかっている
トラックのエンジンが始動する
ひとり残された弟が声をあげる砂ぼこりの道
バナナの葉さわさわ揺れて
血は黒く乾き姉は旅の途上にいる
とおい沼の水辺にさざ波がたち蓮の花が開いている

におい

露地ものの苺には黒砂糖が似合う
水はいらない
火はとろ火で
果実のにおい甘いにおい母さんのにおい
幼いまどろみのなか
親をなくした子どもは
まっくらな井戸の底で膝を抱える
ちっくたっく
柱時計の音がひびいて
大切な人がいない誰もいない
からっぽの部屋のカーテンがゆれる
窓ガラスを這うおおきな蠅のシルエット

青く光る蝿は風に乗り羽音を響かせ飛んでくる
硝煙のにおい血のにおい
若い兵士たちは耳をすまし
蝿の群れ飛ぶ羽音をきいて死体をさがす
においにおいにおい
そこには腐乱した死体の山
うっそうと生い茂る樹木の下
動かない母さんにとりすがって離れない子どもたち
蝿の群がる密林に
遺体を焼くけむり立ちこめ
高い梢が突き上げる空は青くても
開いた目は乾いて
もう何も見えない泣く力すらもない

いっぴき
にひき

ガラスのむこうの空を蠅が舞い
ふつふつ煮えたぎる音
露地ものの赤い苺は
もうすぐ黒いジャムになる
水はいらない

雨

クラスターという名の

空はながい試行錯誤のすえ
この星に棲むものに
ありったけの優しい軽さで
たいせつな水をとどけることにしたのです

けれどひとびとはおきてをやぶり
紙や食べものや衣服や義足
ありとあらゆるものを
空から降らすことをおぼえました

鉛色の夕日の中を
茶色の小瓶が

くるりくるりまわりながら
破壊された村のちいさな家の庭に墜ちました

朝がきて
六歳になったばかりのユセフが
瓦礫の中から
光るものを見つけました

転がっている宝ものに
そっと手を触れたとたん
瓶はくだけ散って
か細い脚に破片がめりこみました

空はしずかに雨のヴェールで
つつむしかありませんでした
幼い魂が傷ついた朝を

雨の日曜日

だれかが鳥かごをあけたから
空の水瓶の蓋が開きました

とおい山の峰に雲がわいて
たちまち満ちてくる暗いしめりの気配
姿を消したメジロ
弧をえがく影を追って
飛んでいこうかわたしも

足を撃たれたあの子は
仰向けに転がったまま
駆けつけた救急隊員の頭上で

回転灯がもどかしく点滅する
おねがい
うごかないで

もがくたびに聞こえる低い発射音
狙撃者のうすわらいが
居住区のぬれた舗石をすべり
たすけて
携帯電話のむこうの声がかすれる

雨の日曜日
罠にかかった小鳥はずぶぬれ

第四章

古時計

いちまい　にーまい　うらめしやー　母さんのいない夜は雨戸を閉めきって　兄さんたちの語るおばけの話　身を震わせて聞いておりました　廊下の端にあるトイレの戸を開ければ　手をだらりと下げた幽霊がいるようで大急ぎで用を足し　ぞっと背筋にせまるものに　声にならない叫び声あげながら部屋へ逃げ戻りました
こころやさしい幽霊は女の子のちいさな魂をこれ以上脅かすにしのびなく　天井の節穴にそっと身をひそめていたようです　くみ取りやさんがきたあとの　瓶の底にうっすら溜まる水に顔を映したときなどは　あわてて掃き出しの隙間から身をすべらせて闇夜のなかへ逃れたりもいたしました

クリスマスが近づいたとある夜のこと　頭の上のちいさな窓が開いて　トイレのなかに青白い光がさし込んでおりました　便器の上に足をかけ　窓の桟につかまっておそるおそる覗いた空に星がしんと光っていました　昼間遊んだ原っぱを白い雪が覆って　そこははじめて見る別世界　はかり知れない未来の広がりを息を呑んで眺めました　そしてその夜から幽霊は消えたのです　雪明かりの夜空に消えたのです
いちまい　にーまい　うらめしやー　兄さんたちの話を聞きながら　女の子は見たことのない幽霊を懐かしく思い描くのです

蟻

大群が散らばる　戦い終わったばかりの地面
まあたらしいろう石にぎりしめて
父　母　叔父　叔母　祖母　三人の兄と弟
きのうの夢のなかの顔描きつける
自転車のブレーキ音　いつものスタンド立てる音
近づいてくる白い上着のあの男
ヒトハシヌカナラズシヌ
しゃがんで背中に手をまわす　息がなま臭い

ミンナヒトリ　オマエモヒトリ　ソコヘイク
叫び声あげたい約束ごとの大地　確かめようとしただけなのに

身体に吸いついてくるものふりはらえず
輝くろう石指離れて空に舞うよ　大勢のひと舞う空に

肩をさすりまたおりてくる　毛むくじゃらの手
まるい眼鏡の光に小さく閉じこめられ

ああ　わたし蟻になってゆく
すみこちゃん　うつむいたまま　巣つぶしてる

おつかい

ラードのにおいただよう店先に
目があっても知らん顔のきのうのまるい眼鏡

肉に小麦粉おしつけおしつけ
卵くぐらせくぐらせ

パン粉つけてぱんぱんはたく
手早い右手に親指が無い

ジャーと油のたぎる音
鍋のなかにほうりこまれた

間借り

ことんと音がして
二階の小窓にすみこちゃん
さびしいお留守番の白い顔

サルスベリの木や
あずまやに響く
芝生づたいのピアノの音

階下のご夫婦がおられる日は
湿った空気のように

足音を消して歩くの

ぎいっと木戸が開いて
むらさきの風
桐の花

唇にちいさな指いっぽん
花殻に
黒大蟻が群れている

雲

わたしのなかに
もひとり
いつもさけんでいる
わたしがいて

さけび
ほとばしり
かけだしたい
わたしがいて

わたしのなかに
もひとり
いつもおしとどめる
わたしがいて

ちんもくして
うごかず
とどまっている
わたしがいて

シューハイマイマイ

満州の橋の下で拾った子だと
祖母にいわれて
三番目の兄が
台所の隅でしゃくりあげている
胸の奥が痛くなって
わたしも泣いた

雪のちらつく橋の袂に
貧乏な子ども売りがいて
あんまり頼むから買うことにしたと
七輪の煙のむこうで
姉さんかぶりの母も

いつか鬼の顔になっている

濁った河のほとりで
ぼろをまとい
籠にいれた赤ん坊を売る男の
姿かたちが目に浮かび
嘘だ
うそだと
叫んだけど

そういわれれば
やせっぽっちで
負けん気の強いこの兄が
みなと顔が似てないと
妙に合点がいって
はっと
泣くのをやめた

ふたりの兄と
弟は
知らん顔で
湯気のあがるご飯を掻き込んでいる

夏休み

ラジオ体操は岸本さんちのお庭
官舎だから門からけだるい砂利の長い道のりを歩く
玄関の脇のおおきな水瓶に黒い生きものがいた

ばあやねえやと呼ぶ人がいて
弟がひとり
お母さんはやさしそう

長いお縁で宿題をやっていると

お盆にのせたスイカやカステラ運んでくれます
アブラゼミがうるさいッ

お母さんの笑顔が
とつぜん揺れてひきつって
暗い廊下の隅からなにか飛び出してくることもある

わたしの家は狭いので
遊びにきてもらったことはありません

ぬれ縁

迷子の子犬の背なかから雨あふれ
きのうもきょうもふりつづく

お迎えにいきたいけど傘がないのです
赤い鼻緒も切れたまま

駅頭に震えるひざ頭
今夜もあすもあさっても
帰らぬ父さん待っている

着せ替え人形

パーマにバレエ
英語にお絵かき
土曜日は
ピアノのレッスン
着せ替えられる人形は
あなたです

とっかえひっかえ
色紙巻きつけられて
白い顔で
行ってしまう夏の
曇り空見ている

ボタン嫌い button

あの子が細い目つりあげて
肩の button つまんでくるくるまわす
母さんが編んだバラ色のベスト
やめてといえない白い button
会うたび目が細くなる丸い button
肩でむずむず button がまわります

洋服やさんのウインドウに光る button
ワイシャツの button ブラウスの button なんてふしあわせな button　button
タンスの奥にしまいこまれた button 不吉な button 爆発の予感
ほんにこの世は button だらけ

button がなくたって生きてゆける
細い月が傾いて　夜空に光る button　button　button

いじめっこ

バットふりまわして
石を投げるときいた

興銀の寮のまえの細い路地
道は迂回している
痩せたのっぽの男の子が
黒い服の袖を光らせてこちらを見ている

静まりかえった石垣に
お日さまが跳びはねて
半纏着た女の子が
汚れた人形を抱いてしゃがんでいる

人形の髪がもつれていた
石は飛ばなかった

掛け布団

ピカピカの青い自転車にみんなが乗る
横目で見てるかずおくん
背丈ほどの貸し自転車押しながら

黒塗りの乗用車とおおきな門
ふだんは石の階段上って
台所脇の通用門から入ります
芝生の庭にお池もあって鯉が泳いでる

遊びにいくとかずおくんが
ばあやさんを困らせて
お寝間の布団でかくれんぼした
花模様の掛け布団は不思議なにおいがする

これながさんちの
かずおくん
自転車買ってもらったよ

花いちもんめ

こまかな雨の
降る夜は
あの日の唄が
聞こえるから

窓ごしの海に
打ちあけていく
雨の夜も
きらめく波間

あの子がほしい
この子がほしい

浮かんでくるもの
反芻し沈めている

東中野の駅おりて
消防署の横入った
細い路地
「ここで待ってるよ」

兄さんが
電信柱のかげに隠れんぼ
腕組みしている
灰色の呼び鈴

大きい息で
そおっと押す
見しらぬ女《ひと》の
まっ赤な唇が横に裂けて

背筋が
すうっと寒くなる
あたりが
ほおっと暗くなる

雨の夜も
きらめく波間
湾をふちどる
あれはさんま船の灯り

長い髪の
うしろから
のぞいた
子どもの白い顔

玄関の

小部屋からのぞく
あれは父さんの鞄
口あけて

煮えたぎる湯の
水蒸気
乾く空には
いわし雲ばかり

秋の空
うわの空
あれから
ずっと東中野

電信柱のかげに隠れたままの
兄さんと
茶色の鞄に封印された

父さん

雨上がり
月が磨きあげる海に
漁り火がぽつぽつ点る
あれはイカ釣り舟

背すじ冷たく
うそ寒く
子どもを失くした人は
憤りの火を画面にたたきつける

ゆきばのない
哀しみの
いつも
長い夜なのだ

あれから
ずうっと
東中野の
飛行機雲

一直線に
ふくらんで
雲ふえて
穢されてゆく

空の子どもが
夜の廊下を
歩いているのね
音たてず

月引いて
鏡面のように輝いて

お返しします
白い女の黒い髪

玄関に放りだされた
汚れた布団
色を失くした歳月に
母さんの着物の裾が濡れる

あれから
ずうっと東中野の
花いちもんめ
負けて

くやしくなんかなく
誰も
ほしくなんかないから
キュウショクヒクダサイ

赤い葉
黄いろい葉が好き
落ち葉ふりつもる
ふかふかの地面に

負けるが勝ちの
あの子この子
浮かぶ海を
人さし指でなぞっている

絵本

もうすこし待っていてね
といわれたから
下駄つっかけて
欄干にもたれて
闇を流れる水音を聞いている

笹の葉さらさら　風に舞うた
んざく　雲を透かして　ひと
きわ輝く星
ひとおつ　ふたあつ数えてい
ると　青白くまたたく光が見
えてくる　ななつ　やっつと

いく度も数えなおすうち　円
い天井に　星が満ちてきて
この世をすりぬけた影がひっ
そりのぼってゆく　それがあ
の髪の長い女《ひと》でないとしても
たったいま　わたしのなかを
通りぬけていった影なのだか
らとてもいとおしい
笹の葉さらさら　風に舞うた
んざく　雲を透かして　織り
姫は頭上に　牽牛は見えない

もうすこし待っていてね
立ち去ったひとは
永遠の時間のなかにいて
ちいさなネコの影が
星空のなかを漂っている

缶蹴り

だれかが蹴った缶がキッと光って
垣根のむこうの路地に落ちた

さっき親指しゃぶりながら
缶をさがしにいった鬼はだれ

ほおっとふくれる夕闇に

まぎれこんだ息づかい
しずまりかえる焼け跡に
大きな門柱の影がのしかかり
ひとこえふたこえカラスが鳴いて
子どもがまたひとりいなくなる

あとがき

「死でもって指さされている終わることは、現存在が終わりに達していることを意味するのではなく、現存在というこの存在者の終わりへとかかわる存在を意味する。死は、現存在が存在するやいなや、現存在が引き受ける一つの存在する仕方なのである。」

（ハイデガー『存在と時間』原佑訳、中央公論社より）

神戸育ちの祖母は言うことを聞かない孫たちに「子取りが来るよ」と口癖のように呟いた。神戸には外国の大型船が沢山停泊したから、子どもたちはどこか遠い所へ連れ去られると「子取り」の影に怯えたものだった。これは日本の伝承の遊び「子取り」にも繋がる。「人はいつか骨になる」この抗うことのできない神の定めた約束ごとを祖母から聞かされたとき、あまりに幼かった私はその衝撃を受けとめそこねた。眠れない夜が続いた。側でやすらかな寝息を立てている叔母や兄たちと二度と会えなくなる未来に怯え、冷たい墓の底に眠る日を思い描いては布団をかぶって泣いていた。存在への不安は長く尾を引いて、詩作の原動力となっている。『子盗り』というテーマを得て心のつかえをほどくように言葉が生まれた。

詩集編纂にあたり温かなご助言をいただいた倉橋健一さん、たかとう匡子さんに心からの感謝を捧げます。思潮社の藤井一乃さん、遠藤みどりさん、適切な示唆をいただきありがとうございました。

二〇一二年二月

髙橋冨美子

髙橋冨美子（たかはし　ふみこ）

一九四四年　東京生まれ
一九九二年　第一詩集『魚のポーズ』
二〇〇〇年　第二詩集『齣袋』
二〇〇五年　第三詩集『塔のゆくえ』

詩誌「火曜日」同人、兵庫現代詩協会会員
神戸市在住

子《こ》盗《と》り

著者
髙橋《たかはし》冨《ふ》美《み》子《こ》
発行者
小田久郎
発行所
株式会社思潮社
〒一六二―〇八四二　東京都新宿区市谷砂土原町三―十五
電話〇三（三二六七）八一五三（営業）・八一四一（編集）
ＦＡＸ〇三（三二六七）八一四二
印刷
三報社印刷株式会社
製本
誠製本株式会社
発行日
二〇一一年三月三十一日